Sherlock
Holmes

SHERLOCK HOLMES

大偵探福爾摩斯
M博士外傳
SHERLOCK HOLMES
④仇人見面

第1～3集回顧

　　年輕船長**唐泰斯**被誣告入獄，逃獄後要找仇人報仇。他化身成神甫，找到已改行經營小旅館的醉酒鬼鄰居、綽號**裁縫鼠**的卡德，確認陷害自己的是同僚**唐格拉爾**和妻子的表哥**費爾南**。裁縫鼠雖非元兇，但他的**見死不救**與幫兇無異。扮成神甫的唐泰斯為了向他報復，訛稱按唐泰斯的遺願把五顆**鑽石**相贈。翌日，裁縫鼠按指示買了船票，準備當晚乘船去阿姆斯特丹的鑽石市場出售套現時，一個叫**布羅斯基**的鑽石商人卻闖了進來。裁縫鼠**見獵心喜**，豈料對方

也**心懷不軌**，亮出匕首與他打起來。約半小時後，布羅斯基俯伏在附近的路軌上被火車輾過！這時，喬裝成蘇格蘭場法醫**桑代克**的唐泰斯假扮乘客現身，覷覷機會看看裁縫鼠是否已經遇害，但沒料到死的竟是經他**唆擺**而去打劫的布羅斯基！唐泰斯雖然知道兇手是裁縫鼠，但他**不動聲色**，以法醫桑代克的身份協助警方搜證，成功令裁縫鼠被拘捕並判處死刑。

及後，他又查得仇人唐格拉爾與費爾南曾合作**謀財害命**，最終更**反目成仇**。費爾南為逃避警方追

捕，化名**傑弗利**在一燈塔當看守人，而唐格拉爾也化名**托德**為逃亡而**顛沛流離**。於是，唐泰斯化身成神甫，誘使傑弗利的同僚哈利自殘一腿，然後假意推薦唐格拉爾前往燈塔替補空缺，令他與費爾南在燈塔中作**困獸鬥**。

初時，費爾南雖然痛罵唐格拉爾出賣自己，但仍借出**煙斗**供對方使用。然而，當唐格拉爾趁機逃走時用**利刀**把他割傷後，他在盛怒之下用力一推，把唐格拉爾推下了燈塔。

與此同時，唐泰斯以法醫桑代克的身份結識了港務局的**李船長**和他的孫兒**猩仔**，並在李船長的邀請下為一名溺斃的燈塔看守人驗屍。其實，在費爾南行兇時，唐泰斯已在遠處的輪船上目睹**事發經過**，更命手下的拖網船撈起唐格拉爾的屍體運往港務局碼頭。這一切，其實都是他的精心安排。

　　另一邊廂，對唐泰斯一連串行動仍然**懵然不知**的費爾南只感到**心緒不寧**，他看着黑壓壓的大海，憶起了事發當晚把仇人推下燈塔後⋯⋯

銷毀證物

費爾南呆呆地站在燈塔圍廊上，腦袋一片空白。不知道呆站了多久，突然一下汽笛聲傳來，打斷了他的思緒。他赫然一驚，連忙抬頭看去，只見一艘輪船正在遠處的海面駛過。他知道，趕潮退的船隻都會朝這個方向駛來，迷霧可能很快就會完全散去。

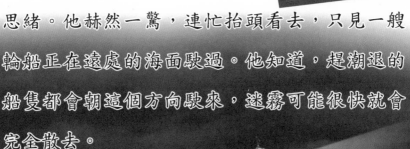

這時，他往下一看，不禁**大驚失色**。

那隻小船！那隻小船還在下面！必須把小船處理掉！不然當船隻經過時看到了，自己就不能洗脫嫌疑了！

費爾南**匆匆忙忙**攀下梯子，縱身一躍跳到小船上去。漁民出身的他對這種小

漁船非常熟悉，他馬上掀開幾塊船板，伸手到下面用力一拔，輕易就把底下的**塞子**拔出來了。

同一剎那，海水立即從船底的洞中湧了進來。

這時，遠方的**汽笛聲**又再響起。費

爾南抬起頭來看去，只見那艘輪船發出的燈光在濃霧中**若隱若現**。

「**糟糕！** 水進得太慢了！必須加快下沉的速度，否則濃霧散去，船仍未完全下沉就糟糕

了！」他想到這裏，記起放在圍廊上的那十多袋用來防水的**沙包**。

他馬上沿着梯子攀回圍廊，分幾次逐一把**沙包**扛到小船上。

「夠了！」費爾南把剛才揭開的船板重新蓋上，又迅速用**帆腳繩**把船帆緊緊地綁在**桅杆**上，以免船帆被吹起來。這時，水已淹滿了一

半，看樣子小船很快就會沉到海底去。

他躍回梯子上，急忙解開栓着的繩子，然後一腳把小船撐開，讓小船緩緩地往外飄去。

這時，迷霧仍然籠罩着海面，看不到剛才那艘輪船。費爾南放下心頭大石，只要那艘輪船沒看到小船，就不會引起懷疑了。

但他也不敢怠慢，迅速走到燈塔最上層的圍廊，看着隨潮汐的水流漸漸飄走的小船。

不過，他總覺得有點**心緒不寧**，像是有甚麼**遺漏**了。於是，他走下鐵梯，回到唐格拉爾曾經逗留的客廳。

「**啊！箱子**！是那傢伙帶來的！」費爾南看到地上的箱子嚇了一跳，難怪自己**心緒不寧**了，原來真的是有東西遺漏了。他慌忙抓起**箱子**，又沿着鐵梯奔到下層的圍廊去，雙手

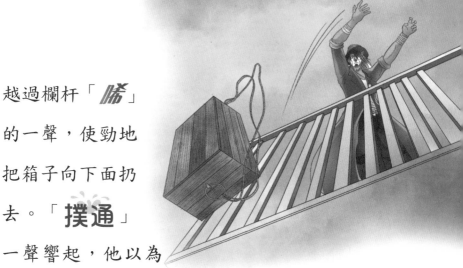

越過欄杆「噝」
的一聲，使勁地
把箱子向下面扔
去。「撲通」
一聲響起，他以為
箱子會浮起來，隨潮汐的水流飄向小船，卻沒
想到只是濺起了一些水花，就沉到海底去了。

　　「也沒關係，只要沒人知道他來過，就不會
有人潛到海底去找那箱子。」費爾南自我安慰
地心想。

　　接着，他又沿鐵梯登上最上層的圍廊。這個
時候，霧氣已開始消散，但小船仍在海面半浮
半沉。

　　「可惡！怎麼不快點沉下去呀！快沉呀！」
他內心焦急地呼喊，但小船像存心跟他作對似

的，只是愈飄愈遠，卻仍未下沉。他知道，要是霧氣完全散去，剛才那艘輪船看到小船又駛過來搶救的話，自己就劫數難逃了。他想到這裏，連忙掏出望遠鏡，心焦如焚地追蹤着小船的去向。

他看到，小船在霧氣中載浮載沉，已比剛才沉下了不少，看來船上已灌滿了海水。果然，船身開始慢慢地傾斜，不一刻，海面冒起了好多水泡，小船已沉到水中，不見了蹤影。

煙草袋和煙斗

桑代克在港務局碼頭驗完托德的屍體後，

發現其額頭傷口上黏着幾片**貝殼的碎片**，於

是總結道：「看來是**藤壺**的碎片，和一些常

見的**龍介蟲棲管**的碎片。這些生物一般依附在**碼頭的木樁**上，如果死者是在海上被淹死的，為何他的額頭上會有這種**傷口**呢？」

「船頭的底部也常有藤壺呀，或許他在海中漂浮時被船頭撞到了。」老船長說。

「但龍介蟲的棲管呢？船頭不可能長着這些東西吧？」桑代克說，「不過，死者已出海了，也沒理由會碰到**碼頭的木樁**。惟一可能的，是他的屍體在海上碰到了**浮標**吧。但大海茫茫，撞到浮標的機會幾乎是零啊。」

「那麼，你的意思是？」老船長問。

「我的意思就是──」桑代克一頓，眼底閃過一下寒光，「他其實到達燈塔了，但不知怎的，又撞到**燈塔的樁腳**上，所以才會留下這種**傷口**！」

15

「啊！」老船長聽到桑代克說**托德**曾到過燈塔，不禁**赫然一驚**。

「爺爺，燈塔的看守人不是說托德沒去過燈塔嗎？」猩仔從記事本上抬起頭來問。

「唔……有點可疑。」老船長沉吟，「難道……他去過**燈塔**，然後才出事？」

「不必急於下結論。」桑代克說，「我們還沒檢查完呢。」說着，他先掏了一下死者右邊的褲袋，找到一把**折刀**。於是，他又搜了一下死者左邊的褲袋，掏出了**幾樣東西**。

「猩仔，這些都要記錄下來啊。」桑代克提醒，「在死者右邊的褲袋有一把折刀，而左邊的褲袋，則有一個鼴鼠皮煙草袋、一隻煙斗和四根紅頭火柴。」

「知道！」猩仔慌忙記下。

「這傢伙也太粗率了，竟把火柴這樣塞在口袋裏。」老船長說。

「對，這種紅頭火柴易燃又危險。」桑代克說，「它的紅頭表面其實是磷粉，裏面包着的是硫磺，

一劃就着。水手們愛用它，就是喜歡它在大風中也不易熄滅。」

「桑代克先生，『硫磺』是甚麼？這兩個字怎麼寫？」猩仔問。

「傻瓜！『硫磺』也不懂得寫嗎？你上課時一定不專心了。」老船長奪過筆，把「硫磺」兩字寫在猩仔的記事本上。

「別責怪他，可能課堂還沒教呢。」桑代克笑道，「『硫磺』是一種非

銀器　○　＋　硫磺

變黑

金屬元素，可以跟大多數金屬化合。如果把它跟銀器接觸的話，連銀器也會變黑呢。」

「知道！」猩仔似懂非懂地點點頭。

桑代克解釋完後，拿起煙斗看了又看。他

想了想，就用鑷子把**斗缽**裏的煙葉挖出來放在一張紙上。

很明顯，斗缽上層的**煙葉**被燒過，但下面的仍然完好，可以看到煙葉的形狀。

「唔……看樣子死者只抽了一會，就馬上把煙斗弄熄，沒抽下去呢。」桑代克**自言自語**。

接着，他又打開那個**鼴鼠皮煙草袋**，從裏面倒出一些被浸濕了的**煙絲**，說：「奇怪，這些是**粗煙絲**。但為何煙斗裏塞着的卻是煙葉呢？而且，這些煙葉通常都是從**硬煙餅**切下來的呀。」

「會不會是他有兩隻煙斗，喜歡抽不同的味道呢？」老船長問。

「但他只有這隻煙斗，口袋裏也沒有硬煙餅啊。」

「或許在墮海時丟失了呢？」

「是嗎？」桑代克想了想，就拿起搜到的那把折刀，打開來看了看，「折刀很乾淨，沒有切過煙餅的污漬。你知道，煙餅有黏性，切過的話，一定會留下污漬。」

「這麼看來，難道這煙斗不是他自己的？」老船長有點詫異。

「嘿嘿嘿，你剛才不是提及海岸巡邏隊那份報告嗎？」桑代克狡黠地一笑，「那些你認為沒有用的細節，不是已證明這煙斗不是他的嗎？」

「啊！」老船長猛然醒悟。

「我知道！」猩仔搶道，「海岸巡邏隊送他上船時，見到他『把煙袋裏的煙絲塞到手上的煙斗去，一邊開船一邊抽煙』，但這煙斗裏的卻不是煙絲！」

「嘿嘿嘿，猩仔的記憶力很不錯呢。」桑代

克笑道。

「爺爺，你看！桑代克先生稱讚我呀！」
猩仔得意地說。

「好啦、好啦。」老船長沒好氣地說，「知
道你厲害啦。」

「還有一個證據。」桑代克用鑷子翻開死
者的嘴巴說，「你看，他前面的牙齒都掉光
了，但煙斗上卻有明顯被牙咬過的痕跡。
一個沒有牙齒的人，怎能把煙斗咬出
牙印來呢？」

「啊！真的呢！」老船長詫然。

「正面已檢視過了，現在看看他的**背面**吧。」桑代克說着，在老船長的協助下，把屍體翻了過來。

「唔？」桑代克馬上看到他近腰的**水手服**上，黏了一些**灰白色的污漬**。

「看來是**油漆**。」老船長也看到了。

「桑代克先生，你看！」猩仔發現了甚麼似的，指着死者腰間叫道。

「是**刀鞘**呢。」桑代克翻開死者的衣服看了看，「不過，卻沒有**刀子**。」

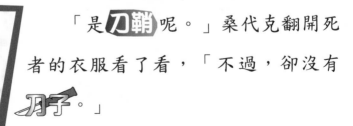

「他在海中飄流了幾天，應該丟失

了吧？」老船長說，「你看，刀鞘上的**皮帶扣**也**鬆脫**了。」

「唔……這有點奇怪……」桑代克摸摸腮子說，「這種**刀**是水手的**命根子**，怎會那麼輕易從**刀鞘**裏掉出來呢？」

「刀是 **命根子** ？甚麼意思？」猩仔好奇地問。

「因為水手遇上大風又來不及把帆收起的話，可以馬上用刀把繩索 **割斷** 。此外，遇到海盜時，也可以用來 **防身** 。」桑代克說，「所以，刀鞘上有個 **皮帶扣** ，把刀柄牢牢地扣住，以免它從刀鞘裏掉出來。」

「是的。」老船長也是水手出身，自然明白這個道理。

「此外，他身上那把 **折刀** 已足夠日常使用，更不會隨便拔出腰間的防身刀。」桑代克推論，「或許他在 **緊急情況** 下拔出刀子，卻大意地丟失了。」

「唔……**煙斗** 不是他自己的，重要的 **刀子** 又不見了，實在可疑呢。」老船長沉吟。

「對！非常可疑！一定是**兇殺**！」猩仔興奮地說。

「**傻瓜！**」老船長「**咚**」的一聲，用煙斗敲了一下猩仔的腦瓜兒，罵道，「你那麼興奮幹嗎？遇上兇殺很**開心**嗎？」

「不，猩仔的說法有一定道理。」桑代克說，「那煙斗證明托德在死前**曾見過甚麼人**，否則不可能獲得一個

不屬於他自己的**煙斗**。此外，他左額傷口上的**藤壺**等碎片，顯示他很可能曾去過燈塔，如果這個推論沒錯，那麼，煙斗應該是從**燈塔**那裏得來的。」

「啊……這麼說的話，他在燈塔遇上了人，而那個人——」

「**就是兇手！**」猩仔未待老船長說完，就搶道。

「不能這麼快就下結論啊。」桑代克笑道，「雖然屍體讓我們看到了這些重要的信息，但要找出**真相**，必須找到**兇案現場**，和在那裏搜集到更多證據才行。」

「有道理。」老船長想了

想，「反正有隻汽艇空着，不如咱們去托德本來要去的那座**燈塔**看看吧。」

「啊！去兇案現場嗎？太棒了！」猩仔**雀躍萬分**。

「猩仔，為免**先入為主**影響自己的判斷，我們暫時不能說那燈塔就是兇案現場啊。」桑代克說，「因為，據我所知，這附近至少也有三四座燈塔，必須找到**證據**，才能下定論。」

「知道！」猩仔大聲說，「我一定會努力找尋證據的！」

「**傻瓜！**俺有說帶你一起去嗎？」老船長罵道，「帶着你這搗蛋王**礙手礙腳**的，桑代克先生也不會答應啊。」

「哈哈哈，我沒關係啊。」桑代克笑道，「機會難得，或許帶猩仔去**開一下眼界**也不

壞呢。」

「**是嗎？**」老船長有點猶豫。

「爺爺，帶我去吧。」猩仔哀求，「我會乖，只聽你吩咐，絕不會多嘴。」

「真沒你辦法，好吧！一起去吧！」

「**哇！太好了！**」猩仔跳起歡呼。

傑弗利的證詞

在老船長的指揮下，幾個港務局的水手駕着汽艇**乘風破浪**，一直朝目的地的燈塔開去。

不知不覺間，汽艇已開了幾個小時，喧譁吵鬧的猩仔也喊得累了，變得安靜起來。桑代克在**海天一色**的景致下，他的內心慢慢地變回了唐泰斯，憶起事發當晚那**嚇人**的一幕。

當時，他在一艘**輪船**上，用望遠鏡監視着

燈塔，正好看到唐格拉爾被費爾南推下海的情景。可惜的是，當時一陣濃霧吹來，把燈塔完全遮蓋了。當濃霧散去後，那隻本來繫在塔下的小船已失去了蹤影。不過，他多年的水手經驗讓他知道，只要循水流的方向搜索，應該在幾天之內就會找到唐格拉爾的浮屍。

果然，他派出的拖網船很快就發現了屍體。於是，他就走去找早前在酒吧結識的李船長，然後演一場好戲，令他可以參與調查。當然，結識李船長也經過精心策劃，那幾個醉酒鬧事的人其實是他的手下。

不過，他不可以說出目睹的經過，以免暴露自己的真正身份。所以，他仍未有實質證據指控費爾南殺人。

「我必須在燈塔上找出證據，證明唐格拉

爾曾經登上燈塔，只有這樣，才能利用警方把費爾南**置諸死地**！」唐泰斯心想。

「**爺爺！就是前面那座燈塔嗎？**」

在嘈吵的馬達聲中，猩仔亢奮的聲音打斷了唐泰斯的思緒，令他馬上跳回桑代克的角色中去。

他抬頭一看，只見一座**白色的燈塔**孤零零地聳立在海面上。燈塔的圍廊上站着兩個人，其中一個還拿着望遠鏡望向他們。

「**對！就是那兒了！**」老船長大聲應道，「那就是托德本來要去的地方！」

「**李船長！**你們要在燈塔停留多久？」

一個水手大聲問，「我想順便去檢查一下附近的幾個浮標，看看有沒有須要更換！」

「我們不知道要花多少時間，你們先去檢查浮標吧！」老船長喊道，「檢查完後再來接咱們！」

「**好的!**」

不一刻，汽艇開到燈塔附近停了下來，並放下一隻小船。兩名水手划着小船把桑代克三人送到了燈塔下面。

「看！」猩仔指着椿柱上的**藤壺**和**龍介蟲棲管**說，「死者額頭傷口的貝殼碎片，跟這些很像呢！」

「猩仔！別**亂吵亂叫**，不是約好了嗎？」老船長斥責。

「知道了。」猩仔吐吐舌頭說。

「我們要攀梯子上去，你行嗎？」桑代克向猩仔問道。

「小意思！」猩仔**自賣自誇**地說，「我是

學校的**攀樹冠軍**，攀梯子簡直**易如反掌**，你擔心我爺爺吧，他年紀大腳步不穩啊。」

「你說甚麼？」老船長氣極。

「哎呀，我說的只是事實罷了。」猩仔說完，用力一蹬，就跳到梯子上，敏捷地攀了上去。

「哈哈哈，對他來說真的是**易如反掌**呢。」桑代克笑道。

「唉，竟然取笑自己的爺爺，太不像話了。」說完，老船長也敏捷地登上了梯子。

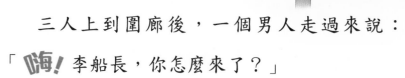

三人上到圍廊後，一個男人走過來說：「**嗨!**李船長，你怎麼來了？」

「嗨！你好。」老船長打了聲招呼，向桑代克介紹道，「這位是燈塔主管**史密斯先生**。」

說完，他又向史密斯介紹了桑代克，並補充道：「咱們是來調查**阿莫斯·托德**失蹤案的。」

「啊？已找到他了嗎？」史密斯問。

「找是找到了，但找到的只是他的屍體。」

「**屍體？**」史密斯大吃一驚，慌忙朝站在圍廊邊的男人叫道，「傑弗利，李船長說找到了托德的屍體！」

「甚麼？」傑弗利裝出嚇了一跳的樣子，走過來問道，「找到屍體？怎會這樣的？」

「**因為他被人殺死！**」猩仔搶道。

聞言，傑弗利的臉上霎時閃過一下**驚惶**。

「**混賬！**」老船長罵道，「別亂說，現在還

未證實他死於**他殺**，只能說是被**淹死**的。」

「知道了。」猩仔吐吐舌頭。

桑代克一直觀察着傑弗利，看到他的前臂纏

着**繃帶**，於是**出**

其不意地問：

「你受傷了？」

「啊⋯⋯沒甚

麼。」傑弗利摸摸

繃帶，**言詞閃**

爍地答道，「只

是⋯⋯只是修理機器時，不小心被割傷了。」

老船長性急，只是客套地問候了一下，就切

入正題：「傑弗利，你可能是最後一個見過托

德的人，現在找到了他的屍體，必須**重新調**

查一次，所以想跟你單獨談談。」

「好的。」傑弗利點點頭，然後以疑惑的目光往桑代克瞥了一眼，才說，「我們到客廳坐下來慢慢談吧。」

桑代克三人跟着他進了客廳。他和老船長與傑弗利一起坐在一張圓桌旁談了起來，猩仔則好奇地在客廳中走來走去，看看這看看那。

　　「當天，我看到一隻坐着一個人的小船朝這邊駛來，但海上突然起了霧，小船很快就被霧氣籠罩了。」傑弗利擺出一副嚴肅的表情向老船長憶述，「我馬上啟動了防霧警報，和一直觀察着海面。可是，當濃霧散去後，小船也不見了。當時水流很急，又正好是退潮的時間，看來是被退潮的水流沖走了。」說完，他又偷偷地往桑代克望了一眼。

「你看到小船時，是幾點鐘左右？」桑代克注意到他的眼神，於是主動出擊，盯着他問道。

「晚上11點半左右吧。」傑弗利正面地望向桑代克答道。

「看到他的樣貌嗎？」桑代克再問。

「他划船時背向我，看不到樣貌。」

「他有帶甚麼東西嗎？如箱子或手提包之類。」桑代克問。

「這個……」傑弗利沉默了幾秒，仿似在揣摸着問題背後的用意似的想了想，才答道，「啊，對了，他帶了個小木箱，木箱兩側還有個鐵環，上面繫着繩子。」

「箱子放在哪裏？」桑代克緊咬不放。

「好像是在船的尾部。」

「你看到他時，那條小船離這裏多遠？」

「有半英哩左右吧。」

「半英哩？」桑代克故意提高了聲調，「你怎可能看得那麼清楚，連箱上的鐵環也看到了？」

傑弗利臉上掠過一下驚惶，急急補充道：「啊，是望遠鏡，我是用望遠鏡看到的。」桑代克聽得出，對方的聲音已有點變了腔調。

「是的，用望遠鏡就能看得很清楚了。」桑代克假裝滿意地點點頭。

傑弗利暗地裏鬆了一口氣。

接着，老船長又問了一些**搔不着癢處**的問題，最後說：「沒其他事情了，但要你去警察局一趟，正式錄一份**口供**。噢，對了，麻煩你去叫史密斯先生來吧。」

兩隻煙斗

趁傑弗利走開，猩仔馬上走過來興奮地低聲
叫道：「桑代克先生，那邊有幾隻**煙斗**！」

「你好眼利呢，我一進來也注意到了。」
桑代克走到一個掛在牆上的煙斗架前，逐一
拿起煙斗來用放大鏡仔細地檢視。

「這些煙斗怎麼了？」老船長好奇地問。

桑代克正想回答，燈塔主管史密斯已走了進來。

桑代克馬上向老船長遞了個眼色，制止
他問下去，並轉過頭去，開玩笑似的向史密斯
說：「看來燈塔看守人都是煙鬼呢。」

「**哈哈哈**，你說得一點都沒錯。」史密斯笑道，「我們在燈塔實在太孤獨了，不抽一下煙斗的話，會悶得**憋着死**啊。」

「每天都抽的話，光買 **煙草** 也花費不少吧？」桑代克裝作不經意地問。

「這倒不用擔心，我們有的是 **煙草** ，而且都是別人送的。」

「是嗎？誰會那麼 **慷慨** 呢？」

「外國人呀。」史密斯打趣道，「外國的商船經過這裏時，常常會送我們一兩塊硬煙餅，足夠我們抽到牙齒也變黑呢。」

「這麼說的話，你們省下買煙絲的錢可不少吧？」

「哎呀，除了可省錢之外，其實切好的煙絲並不合用啊。你知道，在海中心嘛，濕氣重，煙絲很容易發霉。所以，我們抽的都是從硬煙餅切下來的煙葉，而且味道還挺不錯呢。」

　　「嘿嘿，是嗎？難怪你們那麼講究，還弄了個好漂亮的 **煙斗架**。」桑代克繞了個大圈，終於把話題帶到煙斗架去。

　　「這個 **煙斗架** 嗎？」史密斯笑道，「哈哈哈，是我自己親手弄的，說不上漂亮，只是把煙斗集中放在一起，看來整潔一點嘛。」

　　「是嗎？但看來有人不領情，不太注意整潔呢。」桑代克指着架子最右邊那隻 **發了霉的煙斗** 說。

「就是啊。」史密斯皺起眉頭說，「那是我前任副手**帕爾森**的煙斗，他離職快一個月了，卻忘了帶走煙斗，現在已**發霉**了。」

「一個月不抽就發霉了嗎？」桑代克問。

「最近天氣**又濕又熱**，擱在那裏不用的話，一個星期就會發霉了。」史密斯指着最左邊那隻說，「看，那是**哈利**的，他摔斷了腿離開才不過一星期左右吧，煙斗上已長出**霉點**了。」

「原來如此。」桑代克順勢再問，「其他煙

斗都是你的嗎?」

史密斯指着右邊第二隻說:「不,這隻才是我的。左邊第二隻是**傑弗利**的,至於**中間那隻嘛**,好像沒見過,該也是他的吧。」

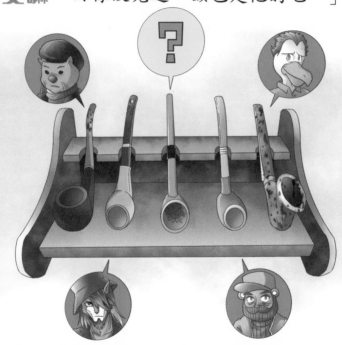

老船長和猩仔都很專心地聽着,他們都知道,桑代克問得這麼仔細,一定是與**托德那隻煙斗**有點關係。

「好了，李船長，你們來談正經事吧。」桑代克向老船長說，「難得第一次登上燈塔，我到外面走走看。」

桑代克說完，就往外面的圍廊走去。

他一進入圍廊，傑弗利馬上走了過來，以充滿懷疑的語氣試探：「先生，你很面善，我在哪裏見過你嗎？」

桑代克赫然一驚，但迅即鎮靜下來，並答道：「是嗎？我倒沒甚麼印象。」

「怎麼說呢？你讓我想起了一個失散多年的老朋友，他是個水手，名字叫──」傑弗利說到這裏，突然止住，並狠狠地盯住桑代克。

「叫甚麼？」桑代克眼底閃過一下寒光，反問。

「叫唐泰斯！」

「唐泰斯？嘿嘿嘿，你是否太想念老朋友，變得**日有所思夜有所夢**？」桑代克**語帶雙關**地冷笑道，「我是蘇格蘭場的法醫，跟**罪犯**打交道比較多，覺得我面善可不太吉利啊。」

傑弗利一聽到「**罪犯**」二字，臉上閃過一下**痙攣**，為了掩飾自己的慌張，他連忙假笑幾聲說：「哈哈哈，先生，你真懂得開玩笑。」

桑代克微笑不語，他知道，靜默有時會形成一種**壓力**，令人為了打破沉默，不期然地吐露更多。

果然，傑弗利**按捺不住**，又問道：「沒想到一個燈塔看守人的失蹤，也會驚動你們蘇格蘭場呢。」

「嘿嘿嘿，**人命關天**嘛，不管貧富，都是我們的份內事。」桑代克笑道，「不過，來調查這起案子只是個**偶然**，我今天剛好去找李船長聚舊，他就叫我順便來看看了。」

「原來如此。」傑弗利**若有所思**地點點頭。

這時，史密斯走了出來，看樣子已和老船長談完了。

桑代克趁機走開，裝作**若無其事**地回到客廳去。他知道，自己的**易容術**雖然接近完美，但費爾南的直覺已響

起了**警號**，與他再談下去，難保會被他**識穿**自己的真正身份。

回到客廳後，猩仔馬上跑過來，**急不及待**地問道：「桑代克先生！你剛才拚命問**煙斗**的事，已問出了甚麼嗎？」

「嘿，你真聰明。」桑代克讚道，「確實已問出了一些**疑點**，特別是中間和左邊第二隻。」

「啊？據史密斯先生說，那兩隻都是**傑弗利**的，難道你懷疑他？」老船長有點緊張地問。

「暫且擱下結論不說，我們先**逐一分析**，看看這兩隻煙斗有甚麼不同吧。」桑代克說着，指出了兩隻煙斗的**特點**。

左二的煙斗：煙斗嘴上佈滿牙印，而且還被咬崩了一塊。

中間的煙斗：煙斗嘴上沒有牙印，但斗柄上的銀圈卻變黑了。

「這表示甚麼？」老船長問。

「這表示，左二那隻的主人**傑弗利**有一副很**健康的牙齒**。而且，他應該是個**脾氣暴躁**的人，否則抽煙斗時不會那麼用力地**咬**煙斗嘴。」桑代克答道，「與此相反，中間那隻的主人是個**小心謹慎**的人，抽煙斗時不會用力咬，所以沒有留下**牙印**。當然，也可能是他的**牙齒已掉光**了。」

「那麼變黑

了的**銀圈**呢？有甚麼意思？」

「銀常常接觸空氣中的**硫化氫**，就會變色，就如傑弗利那隻煙斗那樣。但中間這隻的**銀圈**變得幾乎全**黑**了，似乎有點過分。」桑代克分析說，「我看，這是因為直接接觸了**硫化物**的緣故。」

「啊！是那些**火柴**！你說過，那些火柴含有**硫磺**！」猩仔叫道。

「沒錯，托德褲袋裏的那些**紅頭火柴**，足以令煙斗的銀圈變**黑**。」桑代克說，「此外，托德的牙齒幾乎**掉光**了，他的煙斗不會留下**牙印**。」

「**啊！** 這麼說的話，難道這個煙斗是他的？」猩仔緊張地問。

「牙齒掉光的人多的是，不能馬上就說這煙斗是他的。」桑代克說，「不過，從**牙印**和**銀圈**的特點看來，我們可以肯定的是，這個煙斗一定不是傑弗利的。所以，下一步就必須問——**它的主人究竟是誰？**」

「是誰？能查出來嗎？」老船長問。

桑代克沒有馬上回答，他從架子上把中間那隻煙斗取下來，用鑷子把**斗鉢裏的**煙絲挖出來倒在一張紙上，然後說：「塞滿了**粗煙絲**，只是表面的燒過一下，下面的卻沒有被**燒**過。」

「這又是甚麼意思？」老船長問。

桑代克小心地往煙斗嘴裏面細看，並說：

「難怪粗煙絲沒有怎樣被燒過啦，原來煙嘴孔被一團毛絨絨的東西堵住了。」

他說着，小心翼翼地用鑷子把那團東西挖了出來，放在紙上用放大鏡細看。

「是煙絲灰嗎？」老船長問。

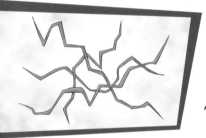

「不，是團塵埃。唔？但有些鋸齒形的毛混在當中，看來像動物的毛，不如用火燒一燒看看。」桑代克說着，挑了幾條出來。

「好的。」老船長劃了根火柴，把它們點着了。

桑代克嗅了嗅，說：「從燒焦的氣味看來，確是動物的毛。」

「煙嘴裏為甚麼有**動物的毛**？」猩仔好奇地問。

「好問題。」桑代克狡黠地一笑，「嘿嘿嘿，看來這些是**鼴鼠的毛**呢。」

「啊！」老船長和猩仔都馬上明白話中的含意。

「這……難道是死者**托德的煙斗**？」老船長問。

「哎呀！原來那個人來過這裏！」猩仔興奮地叫道，「**哇哈哈！**我就說過，這是**兇殺案**！我太屬害了！」

「傻瓜！你那麼興奮幹

嗎？」老船長「咚」的一下，把煙斗往猩仔頭頂一敲，罵道，「你很想有兇殺案嗎？」

「我只是說出事實罷了！」猩仔高聲反駁。

「豈有此理，還敢駁嘴！」老船長再罵。

「不，猩仔說得有理。」桑代克幫腔道，「你看，這**煙斗裏的煙絲**，與托德那**煙草袋的煙絲**是一樣的。綜合起來，這煙斗有**五個地方**令人聯想到托德。」

托德的小船

① 托德前排的牙齒都掉了→煙嘴上沒有牙齒印

② 托德口袋有幾根含硫磺的紅頭火柴→煙斗柄上
　 的銀圈在硫化物腐蝕下變黑了

③ 托德的煙草袋是鼴鼠皮
　 製的→煙嘴孔的塵埃
　 中有些鼴鼠毛

④ 托德的煙草袋內
　 裝的是粗煙絲→
　 斗鉢內的也
　 是同類的
　 粗煙絲

⑤ 托德失蹤了
　 幾天→從煙斗
　 發霉的程度看來
　 也只是放在這裏
　 幾天

「此外，托德口袋裏的煙斗卻佈滿牙齒印，這顯示那不是他自己的。但大海茫茫他如何得來那煙斗？除非他曾登上了一艘船或者一座燈塔。還有，從他額頭上傷口黏着的藤壺和龍介蟲棲管的碎片看

來，他登上的不是船而是燈塔，因為只有從燈塔墮下，額頭才會撞到**燈塔的椿腳**上的那些東西。」桑代克一頓，眼底閃過一下寒光，「而更具決定性的是，托德的**刀**不見了。**無獨有偶**，傑弗利的前臂卻被**割傷**了。所以，托德登上的極可能就是這座燈塔！」

「啊！這麼說的話，那個傑弗利就是兇手了！」猩仔兩眼發光，「爺爺！抓兇手！*我們快抓兇手吧！*」

「哎呀，猩仔你先別吵！」老船長罵了一句，皺起眉頭向桑代克說，「你的分析很有道理，但現在找到的都是間接證據，俺總不能憑一個煙斗就下令抓人吧？」

「李船長，你說得對。」桑代克說，「所以，我們還要到處搜查一下，看看能否找到更多線索。」

就在這時，燈塔主管史密斯突然走進來說：「李船長，剛才載你們來的汽艇回來了，還拖着一隻小船！」

「甚麼？」李船長嚇了一跳，「不會是托德那隻小船吧？」

「**哇哇哇**，不得了！不得了！小船！小船！我要下去看看小船！」猩仔**手舞足蹈**地奔向樓梯。

「咱們也趕緊去看看吧。」李船長說。

「好的。」桑代克嘴角泛起一絲微笑。他心中暗想，時間剛剛好，一切都在**計算之內**。手下們真懂得**隨機應變**。

兩人隨史密斯急步走下樓梯，來到了下層的圍廊。

「真的有隻小船呀！」猩仔已興奮地向着海面**大叫大嚷**。

桑代克往欄杆瞥了一眼，他發現有些地方髹上了新的**油漆**。而且，他看到

傑弗利早已狀甚驚訝地站在欄杆旁，似乎並不相信**小船**竟會**重現眼前**。

於是他悄悄地走到傑弗利身旁，**出其不意**地問：「那是你曾看到的小船嗎？」

「**啊！**」傑弗利赫然一驚，他回過神來，慌忙答道，「當……當時很**大霧**，我……我看得不太清楚，或許是，也或許不是。」

汽艇駛近後，有個水手跳到小船上，把它划到燈塔下面。

老船長高聲喊問：「**哪來的小船？是托德的嗎？**」

「不知道啊！剛才碰到一條**漁船**，他們說

看到這隻小船擱在淺灘上，我們覺得可疑，就把它拖來給你看了！」汽艇上的水手高聲回話。其實，這也是桑代克的安排，他早已打撈到小船，並預先拖到淺灘，然後命手下伺機向港務局通報。

「可疑？有甚麼可疑？」老船長大聲問。

「我們在船下面找到塞子，很明顯是被人故意拔出來的！」水手喊道，「更奇怪的是，中間的船板上插着一把刀子，而且插得很深！」

「甚麼？」老船長大驚，「快把刀子拿上來給我們看看！」

「**知道！**」水手喊了一聲，就沿着梯子攀上來了。

「就是這把。」水手把刀子遞上。

老船長接過**刀子**看了看，向桑代克問道：「你怎樣看？」

「大小跟那**刀鞘**一樣，看來這是**托德的刀**。」

桑代克假裝思考了一下，向水手問道，「你說在船板上插得很深，究竟有多深？」

「大約1吋。」

「**1吋**！那要用很大力氣才能插得那麼深啊。」史密斯非常驚訝。

「可是，托德為何要把**刀**插在船板中間呢？」老船長摸不着頭腦。

「所以，刀未必是**托德**插上去的。」桑代克說。

「那麼，是誰插的？」老船長問。

「**不是人插的。**」桑代克眼尾往傑弗利看了一下，「我認為，它是從**高處掉下**，剛好插在船板上的。」

「從高處掉下？」史密斯詫然，「**你的意思是？**」

「我的意思是——」桑代克大手一揮，指向正面的**欄杆**說，「托德在這裏與人*爭執*，被打脫了的刀飛墮而下，剛好插在船板上。」

「甚麼？你的意思是，托德曾上過這座燈塔？」史密斯**錯愕萬分**。

「沒錯！」桑代克**斬釘截鐵**地說，「而且，托德是被人用力一推，撞到欄杆上，然後才越過**欄杆**掉到海裏去的！」

「**胡扯！**」突然，在旁的傑弗利**目露兇光**地叫道，「我不是說過，托德的小船根本尚未接近燈塔，就在濃霧中消失了嗎！」

「嘿嘿嘿，你可以說我胡扯，但**欄杆**不會說謊。」

「**欄杆?** 你想說甚麼？」傑弗利怒問。

桑代克沒理會他，轉過頭去向老船長說：「記得托德**水手服上的油漆**嗎？」

「我記得！在後腰的位置上有些**油漆的污漬**，和這根欄杆一樣，是**灰白色**的！」猩仔搶道。

「**啊！**」傑弗利臉上閃過一下驚惶。

「猩仔，你記得很清楚呢。」桑代克說，

「大家看看，那根**欄杆**不是剛髹過**油漆**

嗎？」

史密斯慌忙走過去看了一下，並說：「真的

是新髹過**油漆**呢。」

聞言，傑弗利心虛地退後了一步。

「對了。」那

個水手忽然想起甚

麼似的說，「船板

下還發現了**幾袋**

沙包，看來是有

人故意讓小船負重，加快它下沉的速度。」

「**呀！**」猩仔突然指向牆邊大叫，「**那**

兒也有一堆沙包呀！」

「那⋯⋯那些只是防水用的沙包罷了。」傑

弗利慌忙辯解道。

桑代克走近那堆沙包低頭細看，他突然眼前一亮，指着一灘水漬狀的污漬說：「看來，有人不久前搬走了一些沙包呢。」

「啊……」傑弗利不其然地又退後了一步。

「這個案子已水落石出，就讓我來重組一下案情吧。」桑代克環視了一下眾人，仿如親歷其境似的，把案發經過娓娓道來……

事發當晚，托德繫好小船，登上了這座燈塔，遇到了兇手。他走到上層的客廳，取用了兇手的煙斗，

並把自己的煙斗放在 煙斗架 上。

之後，不知道甚麼原因，他與兇手在這裏發生爭執，更用刀 刺 傷 了對方。不過，他的 刀 也被打得飛脫，掉下時剛好插在下面小船的船板上。

糾纏間，他被兇手一推，後腰撞到剛髹了 油漆 不久的欄杆上，然後往海面墮下。但在掉進水之前，他的額頭輕輕擦到了燈塔的 樁腳 ，在傷口上黏上了一些 藤壺 和 龍介蟲棲管 的碎片。他在海中掙扎了一會，很快就被水流吞沒了。

兇手為了 銷毀 托德來過的證據，馬上攀下梯子，跳到小船上拔走船板下的 塞子 ，並搬下

幾個放在圍廊上的**防水沙包**放到船

上，確保小船沉到海底去。

不一刻，小船一邊下沉一

邊隨水流飄走了。

肖像畫

眾人聽完桑代克的描述後，紛紛望向已**面如死灰**的傑弗利。

「**那個兇手**──」猩仔模仿桑代克的語氣，猛地指向傑弗利叫道，「**就是他！**」

「臭小子！你……你別**含血噴人**！」傑弗利**垂死掙扎**，「托德沒有來過，

你們**無中生有**，而且我不認識他，我與他**無怨無仇**，為甚麼要殺死他！」

「嘿嘿嘿，殺人需要仇怨的嗎？」桑代克冷笑道，「人們常常因為無謂的爭執，**一時衝動**之下就犯下殺人罪。看來，你也是呢。不然，你的前臂又為何會留下**刀傷**？」

「**胡扯！**你找不到動機就亂說，簡

直**放屁**！」傑弗利怒號，「托德沒有來過！我沒有殺人！你剛才說的純粹是**臆測**，不能成為證據！」

「是嗎？」桑代克**成竹在胸**地說，「你曾說過，托德帶着一個兩側有鐵環的**木箱**吧？只要在這裏找到那個木箱，看來就能成為證據呢。」

「好……好呀！你找吧，找到就是證據！」傑弗利雖然**心虛**，卻嘴硬地說。

「好！我們到處搜搜！」老船長下令。

「且慢。」桑代克揚手制止，「他懂得把小船弄沉，又怎會把**木箱**留在燈塔內。如果我是他，最簡單的方法，是把它**丟到海裏**去。如果木箱裏載的是重物，應該還在燈塔下面。要搜的話，就先搜燈塔下的**水底**吧。」

「**好！**」水手說，「現在水流不急，讓我潛下去看看吧。」說完，水手脫掉衣服攀下梯子，然後**縱身一躍**，就潛到水底去了。

這時，傑弗利**如坐針氈**似的，不安地看着水手潛下的海面。

不一刻，「**噗咚**」一聲響起，水手的頭冒出來並叫道：「找到了！是有**兩個鐵環的箱子**！」

「啊！」傑弗利**大驚失色**。

水手扛着箱子，很快就攀到圍廊上來。

「怎樣？服輸了吧？」桑代克向傑弗利說，「你願意認罪嗎？」

「這⋯⋯」傑弗利的眼神**游移不定**，看來正在**挖空心思**找尋開脫的理由。想了一會兒後，他開口辯解說：「我認輸了，是我把他推下海的。因為，那個托德一來到，還沒問過

我，就隨手拿了我的**煙斗**來抽，我與他吵起來，他不但不道歉，還用刀砍傷了我的手臂。我為了**自衛**，就用力推開他，誰料他站不穩，晃了兩下就掉到海裏去了。事情就是這樣，那是自衛，我臂上的**刀傷**就是證據。我已說過，我不認識他，與他**無仇無怨**，怎會無故殺死他。」

說着，他解開繃帶，向眾人展示了**刀傷**。

「那麼，你為何不去救他？」桑代克問。

「水流太急了，我跳下海去救他的話，自己也一定會被**淹死**啊。」

「小船呢？你為何把小船弄沉？」

「害怕呀！我怕被控誤殺，為了銷毀證據，只好把船弄沉。」

「所以，你把他帶來的箱子也扔下海？」

「是的。」

「你知道箱子裏裝的是甚麼嗎？」

「箱子上了鎖，我沒時間打開來看。」

桑代克轉過頭去問老船長：「可以打開來看看嗎？」

「當然可以，這是證物，反正都要打開來看的。」老船長說完，就命水手找來工具，把箱蓋撬開了。

箱中除了一些日用品外，還有一個鐵製燈台、一隻扳手和六七本書。

「托德先生原來是個有文化的人，他喜歡看書呢。」桑代克說着，隨手拿出一本書翻開，卻沒料到書中掉下了一張

手掌大小的雙人肖像畫。

「唔？是鉛筆畫的呢。」

猩仔撿起畫來看，「一個是托

德自己，另一個……唔……

怎麼

這個人好像在哪裏見過。」

「別亂說，怎可能？」
老船長奪過畫來看。

「**呀！我知道！** 我知道了！」猩仔抬頭指着傑弗利，「**是他！他就是畫中的人！**」

「甚麼？」傑弗利大驚。

老船長看了看畫，又看了看傑弗利，立即瞪大眼睛叫道：「猩仔說得沒錯，**畫中人**就是他！」

「**豈有此理！**」
傑弗利**出其不意**地用力一蹬，轉瞬間已閃到猩仔身後，用臂彎箍着

猩仔的脖子大叫，「不准**輕舉妄動**！沒錯，我認識托德，他出賣了我，我沒法不殺他！」

「你想怎樣？快放開小孩！你以為還逃得了嗎？」桑代克喝道。

「**事到如今，逃不了也得逃！**」傑弗利怒吼，「我要你們把我送上岸！否則就把這小屁孩的脖子**擰斷**！」

「**千萬不要！**」老船長慌了。

「那麼就快下令！叫水手準備，把我和這小屁孩送到汽艇上去！」

「**好！**」老船長說，「俺會照你——」

然而，老船長還未說完，猩仔突然用盡全身之力，舉起腳用力往後一踢，「**咚**」的一聲，他的腳跟踢中傑弗利的下腹。

「**哇呀！**」傑弗利慘叫，猩仔趁機一口咬向他的手臂。

「**哎呀！**」又一聲慘叫響起，傑弗利手一鬆，猩仔已摔

肖像畫

在地上。說時遲那時快，「嗖」的一下疾風掠過，一塊方形的物體已猛地襲向傑弗利。

「嘭」的一聲響起，傑弗利已被打得人仰馬翻，立即昏倒在地上了。

原來，桑代克以手上的書本作為武器，在一瞬間就制服了敵人。

少年　　李大猩

汽艇把眾人送到碼頭後，桑代克走到**垂頭喪氣**的傑弗利身邊，別有意味地說：「好人會得到**上天眷顧**，而壞人是必會**受到懲罰**的。」

傑弗利抬頭凝視着**桑代克**，他的腦海中忽然閃過一個熟悉的臉容——那個被他誣告而**身陷囹圄**的唐泰斯！

「是唐泰斯……」傑弗利低聲沉吟。

「甚麼？」老船長問。

「是唐泰斯……是他在詛咒我們……」

「**唐泰斯？**他是甚麼人？為何會**詛咒**你們？」老船長摸不着頭腦。

「我們陷害他，令他被抓了去坐牢……我知道……他一定已死在牢裏了。」傑弗利**自言自語**，「一定是他，他**死不瞑目**……就讓命運安排我和唐格拉爾困在燈塔裏……沒

錯……一定是他……否則人海茫茫，我們兩

人又怎會再遇上……」

　　「傑弗利，你究竟在說甚麼？甚麼唐格拉

爾？你指的是托德嗎？」老船長問。

「哈哈哈！他不是托德！他是唐格

拉爾！我不是傑弗利，我是費爾南！

沒錯，我是費爾南！我終於可以說

出我的真名了！憋了幾年，連自

己的名字也不敢說出來，已差

不多把我憋死了！我是費爾

南！**哈哈哈！**我是費爾

南！**哈哈哈！**我終於可

以說出自己的名字了！」

　　「看來他已瘋了。」

桑代克低聲在老船長耳

邊說。

「對，他一定是瘋了。」老船長點點頭，並向水手下令，「快把他抓去警察局，俺把猩仔送回家後馬上就來。」

「知道！」幾個水手立即押着仍然傻笑着的傑弗利離開。

「桑代克先生，那傢伙為甚麼會突然瘋了的？」猩仔有點不安地問。

「一個人受到沉重打擊，有時就會變成那樣。」桑代克摸摸猩仔的頭說，「那張肖像畫已說明，他與托德認識，肯定是因私怨犯案，而非自衛殺人。這麼一來，他就難獲輕判，必定會被判死刑了。」

「原來如此。」猩仔似懂非懂地點點頭。

「不過，這次能把他抓住，也全靠你呢。」桑代克稱讚，「要不是你突然**連消帶打**，**踢**了他一腳又**咬**了他一口，我和你爺爺也不知道該怎辦啊。」

「嘻嘻嘻，我說過嘛，我膽子和力氣都很大，要制服壞人簡直**易如反掌**呢。」猩仔展示手瓜，得意地說。

「**傻瓜！**」老船長「**咚**」的一下，把煙斗敲在猩仔的頭上，罵道，「剛才差點就把俺嚇死了！還**自吹自擂**！」

「我說的只是事實嘛。」猩仔有點委屈地說。

　「哈哈哈，李船長，猩仔表現得實在不錯啊，你不該罵他。」桑代克笑道，「我看他很有潛力成為一個出色的警探呢。」

　「爺爺，你看，桑代克先生也稱讚我呀！」

　「對了，猩仔是你的乳名吧？」桑代克說，「我很高興能夠認識你，可告訴我你的全名嗎？」

　「我的全名嗎？」猩仔挺起胸膛說，「小弟行不改名，坐不改姓，我叫做——李大猩！」

　「咚」的一聲，老船長又把煙斗敲在猩仔的頭上，並罵道：「別亂逞威風！甚麼『行不改名，坐不改姓』，說話像個江湖小混混似的！」

「**哈哈哈！**你們兩爺孫真有趣！」桑代克大笑。

這時，老船長掏出那張鉛筆畫再看了看：「說起來，幸好有這張畫，否則就難以判他重罪了。」

說完，他好像發現了甚麼似的，瞇起眼睛指着畫說：「唔？右下角有個『**M**』字，看來是畫家的署名呢。」

聞言，桑代克的嘴角泛起一絲叫人**不寒而慄**的冷笑。其實，鉛筆畫是他的精心安排。他記得唐格拉爾喜歡看書，就在對方前往燈塔當天，以神甫的身份送了幾本書給他，假意說可讓他在燈塔解悶。但是，卻暗中在書中夾了那張肖像畫，以便在必要時用來揭穿兩人的關係。

這一着非常成功，兩個仇人已被他除去了。

接着，他面對的卻是最強大的仇人、已升任為

皇家總檢察長的——**維勒福**！

總檢察長的惡夢

「**怎會這樣的？**竟然……找到了費爾南和唐格拉爾？」維勒福在辦公室中看到「**燈塔殺人案**」的報告後，不禁大吃一驚。在他心中潛藏了9年的那**驚險一幕**又重現眼前……

「唐泰斯先生，你必定沒有給別人看過此信吧？或者說，有沒有其他人知道你會帶**這封信**給**萊文森先生**？」維勒福問。

「當然沒有，我從沒告訴別人有關這封信的事。」唐泰斯老實地回答。

「是嗎？」維勒福又拿起信細看了一遍。

「你肯定？肯定不知道信中的內容？」維勒福看完信後，盯着唐泰斯問。

「我可以發誓，絕對沒有偷看信的內容！」

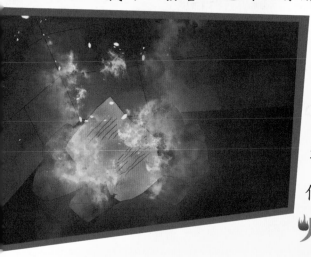

「很好。」維勒福放下心頭大石。他走到壁爐旁邊，把信一扔，扔到爐火中去。

「啊！」唐泰斯大吃一驚。

「唐泰斯先生，你是個誠實的人，我相信你。信中內容對你非常不利，我只能把信燒

了，否則沒法保護你。」維勒福微笑道，「不過，我不能馬上把你釋放，這是 **程序問題**，必須把你 **關押** 一段時間，待完成了所有程序後，你就可以回家了。」

「啊！檢察官大人，謝謝你！」唐泰斯 **喜出望外**，「能夠遇上你這麼 **英明的檢察官**，我實在太幸運了。」

「不用客氣。」維勒福勉強地堆起笑臉提醒，「但你必須記住，程序上會有一位法官來審問你，你照直說就可以了，但 **萬萬不可** 提及 **這封信**，否則我想幫你也 **無能為力**。」

「好的，我明白。我死也不會提起這封信。」唐泰斯堅定地承諾。

「很好……很好……」維勒福回頭看了一眼已被燒成**灰燼**的密函，低聲地**自言自語**。這時，他已感到自己涼了半截。

「**嘿嘿嘿**……找了幾年也沒找到這兩個傢伙，沒想到他們竟然在一座燈塔內**自相殘殺**，真是得來全不費工夫。現在唐格拉爾已死，瘋了的費爾南也即將被判死刑，**心腹大患**已除，我終於可以睡一覺好的了。」維勒福心中暗想，「那兩個傢伙也真卑鄙，竟然**誣告**

自己的朋友。不過，想起來，也全靠他們的告密，我才可以及時制止一場大災難的發生。可是……他們兩人既已**反目成仇**，為何又會偶然重遇呢？還要在一座**遠離人煙**的燈塔之內……難道真的**冥冥中自有主宰**？唔……

　　實在有點可疑……」

　　維勒福想了想，連忙把只看了一半的報告再看下去。

「唔？案中出現一個名叫**桑代克**的**蘇格蘭場法醫**，全靠他的協助，才能偵破費爾南犯案的真相。但地方警局向蘇格蘭場查詢後，發現根本沒有這個人？他是**何方神聖**？為甚麼要假扮法醫幫忙查案呢？」維勒福心中閃過一下**疑惑**，急忙看下去，「甚麼？這

裏還提及一位**意大利神甫**，一個叫哈利的燈塔看守人摔傷了，經神甫介紹，唐格拉爾才能當上**替工**……？太巧合了。意大利神甫……？燈塔看守人……？兩者**風馬牛不相及**，為何意大利神甫會介紹唐格拉爾去當替工呢？」

　　維勒福想了想，又覺得自己可能**過慮**了。

「唔……神甫都 **樂於助人**，或許他見到唐格拉爾可憐，就出手相助吧。可是，假扮 **蘇格蘭場法醫** 協助破案，對那個假扮者而言又有何好處呢？總不能以 **見義勇為** 來解釋吧？對！只有一個可能，就是報仇，那個桑代克是為了 **報仇**！費爾南和唐格拉爾當水手時曾 **害死** 了不少人，有人找他們報仇絕不奇怪。沒錯，一定是這樣。」維勒福想到這裏，才鬆了一口氣。可是，他再翻下去，卻翻出了一張令他再生疑惑的 **肖像畫**。報告上說，這是從唐格拉爾的遺物中找到的。

「奇怪……畫中是那兩個傢伙 **年輕時** 的

模樣，但唐格拉爾怎會**珍而重之**地收藏着它呢？難道他念舊，不捨得把它丟掉？不太可能吧？」維勒福盯着畫沉吟。

「這是？」突然，一個「M」字闖入他的眼簾。

「M……」維勒福盯着肖像畫的右下角，不知怎的，忽然感到有點**心緒不寧**，總覺得這個「M」字好像在哪裏見過。驀地，一個熟悉的臉容在他的腦海中一閃而過。

「**唐泰斯！**這個『M』字……難道與唐泰斯有關……？」維勒福的直覺響起了警號，但他馬上又搖搖頭，「不可能，他已被拋下懸崖，**葬身大海**了，又怎會與他有關。」

「**不過，為了保險起見……**」他想到這裏，馬上站了起來，從口袋中掏出鑰匙，走到書架去打開中間的抽屜，抽出了一疊他存放了好幾年的文件。那些都是唐泰斯被定罪之後的報告，**巨細無遺**的記錄了他坐牢的細節。

維勒福仔細地一頁一頁翻閱，卻沒有找到與「M」字有關的記錄。然而，當他翻到最後一頁，看到其中一個段落時，一股寒意有如**閃電**似的迅即襲向脊樑。

唐泰斯人間蒸發，而綽號M先生的遺體卻躺在唐泰斯的囚室中。經調查後發現，兩人的囚室之間有一條地道。獄方估計唐泰斯為了逃獄，與猝死的M先生調換身份，自己鑽進屍袋中假扮屍體，卻沒想到會被拋下懸崖，最終亦難逃一死。

「啊！」維勒福不敢相信自己的眼睛，「**M先生！**難怪我一看到那個『M』字，就想起唐泰斯！」

維勒福不敢怠慢，馬上命令部下去調查唐泰斯的家人和朋友，看看最近他們有何異動。

兩天後，一份報告已放在他的桌上。

他看後更震驚不已。因為，報告上指唐泰斯的鄰居裁縫鼠卡德早前被控謀財害命，關鍵證據竟是幾顆刻着「M」字的鑽石！更令他驚異的是，裁縫鼠在被行刑前仍念念有詞地說，那些鑽石是一個意大利神甫送給他的。無獨有偶，協助當地警方破案的，竟也是一個名叫桑代克的

蘇格蘭場 法醫！

維勒福霎時間雖然《驚恐萬分》，但多年的檢察官生涯令他很快就冷靜下來，並在心中比較了兩案的相同特徵。

案件	人物	神秘人		懲罰
謀財害命案	裁縫鼠	意大利神甫	桑代克	死刑
燈塔殺人案	唐格拉爾、費爾南	意大利神甫	桑代克	自相殘殺/死刑
共同特徵	唐泰斯的仇人	促成案件	協助破案	受到法律制裁

「這兩個案子有太多**共通的特徵**了，不可能是偶然。莫非……莫非……那個黃毛小子仍活着……？這兩起案子都是因復仇而起？可是，他為了報仇的話，為何不直接自己下手，卻花那麼多精力，一方面安排兩個仇人互相殘殺，一方面又誘導警方作出拘捕呢？」維

勒福想着想着，腦袋中靈光一閃，「啊！我明白了！他的仇人是利用司法機關把他打進黑牢，於是，他就設局誘使他們犯罪，同樣利用司法機關來把他們送上斷頭台！」維勒福想到這裏，額上不覺已青筋暴現，「錯不了！唐泰斯仍活着！這兩起案子都是他設計出來的陷阱，意大利神甫和桑代克可能是他假扮的，也或許是他的同黨，而『M』就是他的代號！」

「可是，他為甚麼故意留下 **代號** ？這只會給警方提供追查的線索呀。」維勒福沉思片刻，忽然眼前一亮，「難道……這是故意留給我看的 **挑戰狀** ？那小子一定知道我是皇家總檢察長，重要的案子都會經我過目。所以，就留下 **代號** ，向我傳遞 **信息** ，直接向我挑戰！」

「那小子太大膽了，竟敢在**太歲頭上動土**！想向我挑戰嗎？幸好我為了對付**外父**，已早有準備。」維勒福眼底閃過一下寒光，「現在，是出動**剃刀黨**的時候了！嘿嘿嘿，**黑白兩道**皆在我控制之下，唐泰斯，你休想威脅我！」

剃刀黨的殺手

唐泰斯扔掉手上的晚報，一陣**冷風**把報紙吹到了街角，仿似一段不顯眼的歷史已被掃進了**污水渠**中。

費爾南被行刑的消息只佔了報紙內頁的一個小角落。之前，關於「燈塔殺人案」的報道也不多，對費爾南與唐格拉爾的關係只是寥寥數筆就被輕輕帶過。本來，這是市井大眾最愛看的新聞，也是嗜血媒體追訪報道的絕佳材料，為何只獲得如此低調的冷處理呢？

一定是維勒福動用了他所有力量，把這個案子壓下來，壓到不起眼的一角，以免火苗愈燒愈旺，燒到他不想人們接近的禁區——唐格拉爾和費爾南與「舉報倒皇黨唐泰斯」一案的關係。

想到這裏，唐泰斯不禁感到有點失望，他原

本想利用報紙的挖掘，挖出一些**蛛絲馬跡**，有利自己獲得**平反**。可惜，這個願望落空了。更令他失望的是，報道中完全沒有提及費爾南的出身，當然，也沒有提及自己的妻子**美蒂絲**。

「還以為可以藉費爾南一案找到美蒂絲，原來一點用處也沒有。不過，還有一個機會……」唐泰斯心想，「美蒂絲當年在擇偶時雖然選擇了我，但她與表哥費爾南其實**情同兄妹**，她只要知道其死訊，一定會出席他的**葬禮**。到時，我就可以看到她了。」

　　兩日後，唐泰斯的手下已查出有人領走了費爾南的遺體，而**葬禮**則在費爾南出身的小漁村附近的墳場中舉行。他按時悄悄地去到墳場，並在旁邊的山崗上等候**送殯隊伍**的到來。

　　只是等了一會，棺木就運來了，但來送殯的人出奇地少，而美蒂絲的身影也不在其中。看來，人們覺得為一個**殺人犯**送殯並不光彩，都不願出席吧。唐泰斯有點失望地看着棺木下葬，當他正想轉身離去時，兩個一高一矮的**少年**伴着一個**女人**卻闖入他的視野之中！

「**啊！那**⋯⋯**那不是美蒂絲嗎？**」

唐泰斯感到腦門仿似被**轟**了一下似的，完全呆住了。

美蒂絲一臉哀傷的走到墳前低下頭來，**兩個少年**則站在她身旁，默默地聽着牧師的**祈禱**。當賓客逐一丟下花朵，默哀了一會後，已一一轉身離開。可是，美蒂絲卻仍然失神似的站在墳前，呆呆地看着仵工把泥土鏟進墓穴中。

「**一別多年**，沒想到⋯⋯她竟然變得那

麼**憔悴**了……」一陣陣撕裂似的**痛楚**侵襲着唐泰斯的內心，「她真是一個善良的人，明知費爾南因殺人而被判死刑，仍然為他那麼**悲傷**……」

這時，年長一點的少年在美蒂絲耳邊不知說了些甚麼，她無聲地點點頭，才**依依不捨**地轉身離開。**年紀較小的少年**則仍然站在墓穴旁，好奇地看着仵工把泥土鏟進墓穴中。當他察覺美蒂絲兩人走遠了，才慌忙叫了一聲：

　　唐泰斯呆望着少年往兩人追去的身影，仿如**晴天霹靂**：「媽媽……？難道……那少年是美蒂絲的兒子？這麼說的話……她已再婚了？」

　　美蒂絲與兩個少年走到墳場出口時，唐泰斯才猛然驚醒。

　　「**糟糕!** 在這裏丟失了她的話，可能永遠也找不到她了！」唐泰斯想到這裏，才懂得慌忙追去。當追到出口時，他看到美蒂絲與兩個少年正登上一輛停在路邊的馬車。他急步往前走，但只是走了幾步，一個迎面而來的**老紳士**仿似向他打招呼似的，一隻手搭

在**氈帽**上向他點了點頭。

唐泰斯**不以為意**，也草草點頭還禮。可是，就在兩人**擦身而過**的一剎那，老紳士突然脫下帽子，猛地往唐泰斯的脖子**掃去**。

那頂帽子的帽檐**銀光一閃**，有如**利刃**般在唐泰斯眼前一掠而過。他慌忙把頭一歪，避過了那道寒光，卻已聽到布匹被割破似的「**嚓**」的一下微響。同一剎那，他感到脖子上傳來一陣**刺痛**，他知道，自己遇襲了！

唐泰斯被剃刀黨偷襲身受重傷，幸得武功高強的神秘少年相助逃離
魔掌。但此時的唐泰斯已陷入昏迷命懸一線！他最終能否康復？康
復後又如何策劃絕地反擊？一場龍爭虎鬥即將上演！萬勿錯過！

吸煙危害健康啊！

我知道。

吸煙危害健康啊！

我知道。

知道還吸？

是以防萬一。

知道還吸？

不是用來吸的。

是用來——

以防隨時想吸嗎？

不，

以防有人——

喋喋不休，太囉嗦！

學福爾摩斯，扮型嘛。

大偵探福爾摩斯 M博士外傳
④仇人見面

原著／奧斯汀·弗里曼
（本書根據奧斯汀·弗里曼《格德勒死亡事件》改編而成。）

改編&監製／厲河　繪畫／陳秉坤

着色／陳沃龍、徐國聲　　封面設計／陳沃龍　　內文設計／麥國龍

編輯／郭天寶、蘇慧怡、黃淑儀

出版

匯識教育有限公司

香港柴灣祥利街9號祥利工業大廈2樓A室

想看《大偵探福爾摩斯》的
最新消息或發表你的意見，
請登入以下facebook專頁網址。
www.facebook.com/great.holmes

承印

天虹印刷有限公司
香港九龍新蒲崗大有街26-28號3-4樓

發行

同德書報有限公司
九龍官塘大業街34號楊耀松（第五）工業大廈地下
電話：(852)3551 3388　　傳真：(852)3551 3300

第一次印刷發行　　　　　　　　　　　　　　　　　　2020年9月
Text：©Lui Hok Cheung
©2020 Rightman Publishing Ltd. All rights reserved.

翻印必究

ISBN:978-988-74720-0-1
港幣定價 HK$60
台幣定價 NT$270

發現本書缺頁或破損，
請致電25158787與本社聯絡。

網上選購方便快捷　　購滿$100郵費全免
詳情請登網址 www.rightman.net